KB090735

낙엽이여, 너의 침묵이여

* 이 시집은 방일문화재단 지원금으로 출판되었습니다.

낙엽이여, 너의 침묵이여

조병철 시·산문집

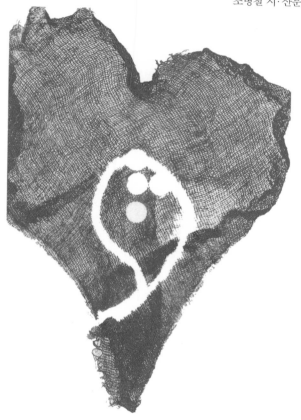

BM (주)도서출판 성안당

• 그림 : 이만익

하늘이여, 2년 연속 시집을 만들었습니다.

이것이 마지막 노래 되겠구나,

이런 생각으로 시집을 만들었습니다.

세상이 너무나 혼탁합니다.

코로나바이러스 때문만은 아닙니다.

세풍시풍世風詩風이란 풍자시를 120편 넘게 썼습니다만,

강물에 던지고 말았습니다.

돌아오는 길은 홀가분했습니다.

후회하지는 않습니다.

항상, 마음을 비우는 것이 얼마나 힘든 일인지

알게 해준 당신이 있기에

나는 행복했습니다.

표지 그림을 주신 심재영 화백,

본문 그림을 주신 오수환 화백에게 감사드립니다.

마지막으로 도서출판 성안당 이종춘 회장님에게도 감사드립니다.

2020년 여름, 조병철

차례

시집을 열며   5

제1부 • 광화문 산조散調

이름 있는 것과 이름 없는 것   12

낙엽이여, 너의 침묵이여   14

새해 첫날 오후   16

어떤 동인同人에게   17

어떤 길   19

아내의 바다   20

13세의 눈물   21

오크밸리의 하늘   22

행복론·1   23

행복론·2   25

겨울 하늘   26

유채꽃 그리고 모슬포 바다   27

거리 두기   28

안도 다다오의 기도, 나의 기도   29

후회   30

어떤 부음   31

꽃, 꿈을 삼키다   32

우리의 자화상   33

미안하다, 미안하다   34

광화문 추억   35

사람은 사랑한 만큼 산다   38

두 가지의 눈물   39

강릉 바다   40

제2부 • 새문안 가는 길

한 마리 양을 위한 서시序詩   42

하나님의 눈물   43

모새골   44

고백   45

잠 못 이루는 밤   46

시들지 않는 영혼   47

그리워하게 하소서   49

낯선 풍경   50

제자들아!   51

바람과 마스크   52

죄인의 노래   54

모리셔스   55

대구 소년의 하소연   56

우리의 희망   57

"꽃이 되고 싶다"   58

당신을 찾아서   59

언컨트롤러블   60

어떤 발코니   61

제3부 • 아, 그리운 천경자 - 아프리카 별곡

뉴욕에서 온 편지   64

이집트 피라미드   65

신의 정원   66

모래 위에 누워 시를 쓰네   67

아직도 뉴욕인가요?   68

파도야 파도야   69

안식의 집   70

발리 여인들   71

어떤 연하장   72

제4부 • 그리운 사람들에게 - 조병철 산문집

구파발 시인, 이유경에게   76

Y교수에게   79

만화가 허영만   88

조병철 시집 해설 - 박용재 시인

천국 가는 길을 묻는 늙은 고래의 푸른 꿈   90

제1부

광화문 산조散調

이름 있는 것과 이름 없는 것

〈1〉

바람아, 어디를 거닐다가 이제 오는가

너는, 바람이란 이름으로

편하게 다니지만

세상은 네가 쉬어 가는 길이 아니야

하늘에 물어보라

그리고는 용서를 빌어라

나무를 흔들리게 한 것,

또 하나

꽃잎을 떨어지게 한 것,

용서를 빌어라

〈2〉

이름 없는 꽃들이 아름다울 때가 있구나

아무렇게나 흐트러진 몸짓이지만

김춘수 시인처럼 이름을 불러 주면

이름 없는 꽃들도 춤을 추는구나

밝은 얼굴로

낙엽이여, 너의 침묵이여

맑은 개울물 같은 얼굴로

춤을 추는구나

낙엽이여, 너의 침묵이여

낙엽은 하나둘 쌓여 있어야만 하는데
바람이 나타나면
어쩔 수 없이
흔,
들,
릴,
수,
도,
있겠구나
그런 생각
나만의 것일까
나무에서 떨어져 내리면
그때부터 낙엽은 쓸쓸해진다는 것
나만의 느낌일까
사랑하는 사람이 쓸쓸하게 돌아서는 뒷모습
보는 것
그건 너무나 힘들다

낙엽은 쌓여 있어야만 하는데

바람이 찾아오면

어쩔 수 없이 흔들릴 수도 있겠구나, 그런 생각

당신도 하는 것일까

쓸쓸한 뒷모습 내게 주며 떠나가는 당신

바람에 온몸을 떨면서도 왜 침묵으로 힘들어 하는가

새해 첫날 오후

새해 첫날, 주일 예배 드리고 돌아오는 날
나는 텅 빈 하늘만 바라보고 있었다
목사님 설교
텅 빈 하늘에 가득했다
나를 향해 던지는 말씀을 손바닥에 담기에는
나의 손바닥이 너무도 작았다
나의 세상은 언제나 밤이었다
낮과 밤을 구별하지 못했다
언제나 캄캄한 밤이었다
주님을 안다, 안다, 그렇게 살아가면서도
나는 주님을 모르고 있었다
나 같은 가련한 자들이
뚜벅뚜벅 걸어가는 주일 오후였다

어떤 동인同人에게

꽃들이 담장에 떨어질 때도
낙엽이 담장에 매달려 있을 때도
미술관 돌담길에서 악수를 했지요

겨울에도 봄에도 여름에도 가을에도 만났지요
지금은 가는 길 시간이 달라 만나지 못하지만
미술관 돌담길 지날 때마다 동인 생각하네요

새문안 찾는 자
겸재 찾는 자
서로 가는 길 달라도 우리는 동인이지요

《늦저녁의 버스킹》시집을 받았지만
거기 등장하는 시를 놓쳤지만, 동인은 내게
알려 주었지요
동인 읽었어요?
길 위에서 동인을 만났다는 시,
인용해도 되나요

"새벽 6시 먼동이 틀 무렵
그의 손에 들려 있던 성경책에서
햇볕을 가지러 가는 자의 지혜로움을
나는 매번 새롭게 보았다"
〈53년 만의 까마득한 해후〉 가슴에 머무네요

낙엽이여, 너의 침묵이여

어떤 길

풀밭 길 걸으면 풀이 되는가

꽃밭 길 걸으면 꽃이 되는가

하늘 길 걸으면 무엇이 되는가

구름 길 걸으면 무엇이 되는가

주님은 알고 계실까

풀이 되는 길

꽃이 되는 길

알고 계실까

아내의 바다

강릉 바다 위에 누워 있는 하늘 보아라
한낮에도 하늘에 떠 있는 달
무엇이 그리도 바쁜지
맨얼굴 보여주는 달
화장기 없는 아내의 맨얼굴
강릉 바다 위에 떴네
바다 위를 걸어가네
강릉 바다는 아내의 바다였네

13세의 눈물

할머니의 눈물이 강물 되어 흐르네
나도 눈물이 되어 강물로 흘러가네
아, 정신대 눈물의 세월을 보내신 13세 소녀의 눈물이
93년이나 흘러도, 흘러도
넘쳐났구나
이 땅을 적시며 흘렀구나, 대구 땅, 그 하늘 밑에서
얼마나 울었으면
그 눈물이 강물 되어 하늘 끝까지 흘러갔을까
그 많은 세월을 성의 노예라는 이름으로 세계를 울렸을까
하늘이여
하늘이여
저들을 불쌍히 여겨 주소서
이 땅에 다시는 위안부란 이름이 날아다니지 않게 하소서

오크밸리의 하늘

하늘은 하늘인데, 하늘이 아니었다
오크밸리
제임스 터렐의 하늘은 그림이더라
그림은 그림인데, 그림이 아닌 것이
하늘이더라
원형 안에 보이는 하늘
구름이 흘러가는 하늘
캠퍼스 속에 바삐 흘러가는
세월 같은 것
나는 어디로 갔는가
너만 보이는구나
저 하늘안에는

낙엽이여, 너의 침묵이여

행복론 · 1

다윗의 시라고 생각했던 것이

오산이었다는 걸 알면서부터

나는 시편 읽기가 두려웠다

두려워하지 말자 하지 말자 그러면서도

두려움을 안고 있는

속성이 아직도 남아 있어

나는 행복했다

행복이 무엇이냐

행복은 행복 그 이상도 그 이하도

아닌 걸

깨닫기 시작하면서부터

다윗을 보기 시작했다

그런 것 같다

오늘도 시편을 읽으면서

어쩌면 다윗의 것이 아닐 수도 있겠구나

생각했다

나는 행복했다

그러면서 행복을

밟고 있었다

내 발은 행복했다

지나가는 바람도 행복하게 보였다

낙엽이여, 너의 침묵이여

행복론·2

겨자씨 행복론을 읽다가
겨자씨가 내게로 굴러올 때
겨자씨가 어쩌면 예수님일 수 있다고
생각했다
그렇게 생각했더니 정말 행복했다
겨자씨를 예수 밭에 심었더니
자란 후에 풀보다 큰 나무가 되었다는 다윗!
겨자씨가 다윗의 것이겠구나
믿어 보았더니 믿어지고,
믿었던 나무가 바람에 쓰러진 후
나는 그 믿음의 나무를 뽑아 버렸다
그러고는
겨자씨를 구걸하며 시장 바닥을
훑고 있었다
겨자씨를 찾을 수 있을 거야, 그렇게 믿었더니
나는 행복했다

겨울 하늘

여든다섯 늙은이가 시를 담고 있었다
겨울 하늘
빈 항아리에
하나,
둘,
담다가
겨울바람에 날려 보내고 있었다
여든다섯 늙은이가 무슨 시를 담는다고
겨울 하늘 부수고 있었다
이제는 무대를 내려올 때 아니던가
이제는 모든 것 버려야 할 때 아니던가
그런 늙은이가
아직도 나를 버리지 못하고 있었다

유채꽃 그리고 모슬포 바다

내가 유채밭에 누워 있는지 유채밭이 내 위에
누워 있는지 알 수 없는 오후
어떤 화백은 유채밭 그림 속에 누워 있는 날이
많아진다 했는데
아무래도 성산포 유채꽃이 그리운가 보다
나는 모슬포 바다 찾을 거야, 늙기 전에
더 늙기 전에
한라산 찾을 거야, 모슬포 바다 위에 누워 있는
한라산, 일어나라 일어나라 할 거야
세상을 떠도는 구름도 만날 거야

거리 두기

하늘에도 '사회적 거리 두기' 있나요?
하늘나라 갈 때도
'사회적 거리 두기' 하나요?
구름들은 '사회적 거리 두기' 없나요?
오늘 새벽에도 발열 체크에
소독제 바르고
마스크와 함께 교회로 들어갔습니다
침묵의 입장이었습니다
아내와 함께 앉지도 못했습니다
거리 두기 표시대로 2미터 간격 두고
앉았습니다
목사님 말씀도 2미터 간격으로
들려옵니다

낙엽이여, 너의 침묵이여

안도 다다오의 기도, 나의 기도

내 마지막 소원,

일본 오사카에 가고 싶다

안도 다다오 빛의 교회를 찾아가고 싶다

건물 안으로 들어오는

예수님의 십자가를 보고 싶다

주일 예배 시간 이후 세 시간만 입장할 수 있는,

그 빛의 교회 안에서

예수님을 만나고 싶다

안도 다다오도 만나고 싶다

나도 만나고 싶다

하늘만 바라보고 살아온

오, 아내의 따뜻한 손잡고 안도 다다오를 만나는 발길을

내게 가능하도록 허락하여 주소서, 예수님.

나의 기도가 안도 다다오의 기도와 하나 되게 하여 주소서

후회

재난지원금을 모두 날려 버렸네
바람에 날려 버렸네
호주머니에서 누더기처럼 남아 있던
일만육천이백이십 원이 날아가고
잔여금 0원이 기록으로 남았네
코로나바이러스가 준 선물이라 휘파람 불었더니
내 몸속에 남아 있던
바이러스는
어디로 갔을까
교회 성금함에나 넣을걸…… 후회하는 금요일 오후

이번 주일에도 주님은 나를 위로해 주실까?

어떤 부음

부음란에서 자네 이름이 보였네
구십 고개 힘들어 먼저 갔는가
천국 가는 길 아무나 마음대로 갈 수 없다는데
바늘구멍 길이라는데
장로 친구여, 예수님이 부르셨는가
초미세먼지 같은 세상 그만 살고
오라 하셨는가

천국 가는 길, 한 번도 경험하지 못한
그 길, 먼저 가는 장로 친구여
부럽지만 부럽지 않기로 했네
세상 악마들 돌아다니는 것 더 보고 갈 거야
내 누울 자리 하나 잡아 두게나

코로나 통곡 소리 제대로 들리던가
상여 소리 들리던가
누가 상여 메고 가던가
아이고, 아이고!

꽃, 꿈을 삼키다

꿈을 삼키는 꽃을 만나기 위하여 나는 떠나는가
나의 떠나감은 꽃을 위한 것인가
지나가는 바람에게 물어보는 행위를
즐기는구나, 오늘도
나는 지나가는 바람 소리 만나기 위하여
어디론가 떠나가고 있는가
하늘을 보고 꿈을 삼키고 있는
꽃이여,
이름 없는 꽃이여, 오늘도 이름을 불러 줄 바람을
기다리고 있는가

우리의 자화상

영국 샌턴브리지, 그 작은 시골 마을에선 해마다 11월이 되면
'세계 최고의 거짓말쟁이 대회'가 열린다
19세기 이 동네에 살았던 윌 릿슨 노인을
기리는 행사
술집 주인 윌 릿슨은 거짓말로 손님을
즐겁게 했다고 한다
누구나 출전할 수 있지만
'정치인과 변호사는 출전할 수 없다' 이유는,
'거짓말 기술이 너무 뛰어나기 때문'이다
거짓말 하면 정치인을 떠올리는 것은
어느 나라나 마찬가지였네
정치인들은 적극적인 거짓말보다 요리조리
빠져나가는 말을 많이 한다네
우리의 자화상을 보는 것 같구나

어떤 신문인이 들려주었네,
다짐하기야
너와 나는, 거짓말하지 말기야

미안하다, 미안하다

아버지 수의는 어떤 빛깔이었을까
54년 전 마지막 모습 아직도 눈에 남아
아버지 그리울 땐 부산 보수동 다리 길 찾아가네
겨울 참새 만나러 가네, 아버지의 새
지금, 팔순 아들도 아버지 그리워하네
손주 모르게 가슴 깊이 묻어 둔 아버지 만나네
묘지도 없이 묘비도 없이 떠나신 아버지
영정사진 하나 없이 떠나신 아버지
아버지는 오늘도 나를 부르시네

나도 눈감을 땐 아버지처럼 미안하다 미안하다
그런 말 남길까

광화문 추억

〈1〉

광화문 40년, 잊을 수 없더냐

나, 광화문에 다시 왔네

해 보고 살리라

달 보고 살리라

한라산 겨울 눈꽃, 하늘 보며 살리라,

그렇게 바람 따라 떠났는데

그 바람

8년 만에 나를 찾아와 다시 광화문 가자, 하네

서귀포 바다, 남해 바다, 그렇게 아름다워도

지중해, 카리브해, 노르웨이 송네 피오르 아무리 아름다워도

나, 광화문에 다시 왔네

60년대, 70년대 그 시절, 사직동 골목길

거기 살고 있네

젊은 후배들은 모를 거야, 우리 명월네 신화를

밤마다 찾아오던 신문쟁이들 하나둘, 먼 길 떠났지만

나 꿈속에서 만나네,

홍박洪鍾仁도 만나네, 이게 뭐야! 이게 뭐야! 여전하네

선우휘 주필도 만나네, 청진동 해장국 그립다 하네

〈2〉
때때로 아내와 함께 조선일보 정동별관 길 걸어가네
추억이란 그런 것인가
60년대 꿈이 어디선가 나타나네
70년대 꿈이 낙엽 따라 굴러오네
80년대 꿈이,
90년대 꿈이 추억으로 밟히네
인왕산 길 오를 땐
아, 우리의 영원한 대기자大記者 방 회장 댁 지나가네
나도 모르게 회장님! 회장님! 초인종 누르고 싶네
그러나 나는 고개 숙여 인사만 드리네

〈3〉
그림이 있네,
음악이 있네,
책이 있네, 그런 카페 같은 아파트, 광화문에 없나?
늙은 아내의 소원이었네
내가 있는지 어디로 가는지
무엇을 하는지

나도 모르네

있는 건 아내뿐이네

아내 따라 고궁을 걷네, '시네큐브'도 가네

어제는 영화 〈워낭 소리〉 보았네

가슴에 얼마 남아 있지 않은 눈물 흘리고 왔네

오늘은 갤러리 '두가헌' 가네, 조각가 이영학 '소' 만났네

엿장수 가위들 '소' 되어 아내 부르네

사람은 사랑한 만큼 산다

《사람은 사랑한 만큼 산다》는 시집을 남기고 실종된 시인,
사랑한 만큼 살았으니
이제는 사라져도 된다는 것인지
아니면,
사랑할 만한 사람을 만나 사랑하며 산다는 것인지
수학 미적분을 푸는 것처럼 어려운 사람
시인 박용재,
강릉 바닷가에 얼굴 처박고 살고 있는지 궁금한 오후
엽서 한 장 띄우고 있는 나도,
사랑한 만큼만 살고 있는 것은 아닌지
묻고 싶네,
시인 박용재
뮤지컬도
연극도
무용도
사랑한 만큼 사랑했는지 묻고 싶네

두 가지의 눈물

8분 46초의 기도, 세계를 눈물짓게 했습니다.

일어날 수 없는 일이 일어났습니다.

백인 경찰관이 8분 46초 동안 흑인의 목을

짓눌러 죽음으로 몰아간 일이 일어났습니다.

자유의 나라—미국에서 일어난 일

코로나바이러스로 죽음의 그늘에서

숨죽이며 살아가는 지구촌 사람들에게 얼마나

큰 상처를 주었을까요?

미국 상원 의원들이 국회의사당에서 8분 46초 동안 무릎 꿇어

기도하는 모습이

사진으로 전해진 6월 6일 현충일 아침,

나도 모르게 눈물을 흘리고 있었습니다.

조국을 위해 목숨을 던진 호국 영령들 앞에

엎드려 눈물을 흘리고 있었습니다.

10분간의 묵념—지구촌은 두 가지의 눈물을 흘리고 있었습니다.

강릉 바다

어느 날 아침, 나는 강릉 바다로 달아나고 싶었다

너무나 충격적인 칼럼을 읽고는 맨발로

뛰쳐나가고 있었다

희한한 세상에 왔으니 늙은 고래들은

바다로 가야지

강릉 바다 속으로 풍덩 뛰어들면 또 다른 고래들이

함께 춤을 추겠지

가자, 가자, 강릉 바다로 가자

강릉 바다 가면 박용재 시인을 만나겠지

나를 위로해 주겠지

'옳은 것이 그른 것이 되고, 그른 것이 옳은 것이 되었으니

세상은 바뀌었다'

한탄한 양상훈 주필도 만나겠지

그런 날이 오겠지

그런 날이 오고 있겠지

나는 강릉 바다로 달려가고 있었지

'추했던 것이 이제는 예쁘다' 소리 잊으려고

강릉 바다로 헤엄치고 있겠지

낙엽이여, 너의 침묵이여

제2부

새문안 가는 길

한 마리 양을 위한 서시序詩

잃어버린 한 마리 양을 위해

구십구 마리 양을 두고 찾아 나선 목자 이야기를

듣던 날, 그날 밤

나는 잠을 이룰 수 없었네, 이리 떼 우글거리는

광야에서

한 마리 양을 찾아 나선 선한 목자

과연 있는가,

이천 년 전, 여호와의 말씀 안에서만 가능한 일이 아니겠는가

영적으로 어린 나를 구속하소서

잠 못 이루는 밤을 어찌하오리까

하나하나 모두 소중한 하나님의 나라

어디 있겠습니까

광야에서 백성을 버린 주인이

하나둘입니까?

주여, 잠 못 이루는 백성이 하나둘입니까?

낙엽이여, 너의 침묵이여

하나님의 눈물

영원한 목자, 목사님 말씀 그리워
안동교회 찾은 날, 그날 밤 하늘에선 빗방울이
떨어졌다
하나님의 눈물이었다
한국 교회 갱신과 회복을 위한 신앙고백 모임
1차 기도회에 참석하신 하나님의 눈물이었다
주님을 십자가에 넘긴 자들을 보며 흘리신
눈물이었다
하나님의 나라와 영생을 구하지 못한 자
어느 교회를 향한 눈물이었다
목자를 통해 흘리신 눈물이었다
8시간 만에 변심한 이스라엘 백성들 위에 떨어진
하나님의 눈물이었다
안동교회 사람들의 눈물이었다
새문안 가는 길에도 흘리시던 하나님의 눈물이었다

모새골

모새골을 아는가
모새골 겨울을 아는가
기도하는 사람들이
기도할 수밖에 없는 사람들이
모새골 찾아가는데
겨울 떠나기 전에, 더 늦기 전에,
모새골 찾아가는 사람
저 사람,
겨울을 아는 사람인가

고백

첫째도 나의 잘못입니다
둘째도 나의 잘못입니다
셋째도 나의 잘못입니다
아무리 고개 숙여도 나의 잘못은 끝없이 이어지고
이러다가 땅속 불덩이 속으로 떨어지는 것은 아닌지
묻고 싶습니다
하늘에 계신 우리 아버지
말씀해 주세요
첫째도 나의 잘못입니까?
둘째도 나의 잘못입니까?
셋째도 나의 잘못입니까?
아, 나의 잘못 아닌 것이 어디 있습니까
말씀해 주세요

잠 못 이루는 밤

휴브리스, 네메시스를 아십니까?

오만과 업보를 그렇게 부른다는 것

어떤 교수의 칼럼을 읽고 알았답니다

당신도 읽었다고요?

한 해가 저무는 끝자락입니다

나는 역시 헛살았구나

그런 생각에 젖어

잠 못 이루는 밤

어떤 교수의 칼럼은 살아 있는 전설이 되어

나를 찾아오네요

정치철학 전공이니 얼마나 철학적입니까

아, 휴브리스! 오만 하면

반드시 네메시스가 온다는 것, 업보가 온다는 것

신의 목소리 들리는 밤, 잠 못 이루는 밤이

머물고 있네요

낙엽이여, 너의 침묵이여

시들지 않는 영혼

네버, 네버, 네버
결코, 결코, 결코
그곳에선 결코 시들지 않는다
사람도,
땅도,
시들지 않는다, 그러니 늙지도 않는다
소울의 여왕이
미국 남캘리포니아 침례교회의 실제 녹화 영상에 나와
찢어지게
노래하네 아멘, 아멘, 오직 그분을 위해

교회 성도들이 주인공이네
춤추고, 흔들고, 제멋대로, 뒤죽박죽,
그럼에도 묘하게 어울리네
1973년 실제로 있었던 일들이
영화 속에 가득하네
늙은 아비 딸 자랑하는 후반부
모두 일어나 함께 춤추네

그런 장면

서울엔 없구나,

자막이 나오고 음악이 끝났는데 넋을 잃고 앉아 있네

오직 한 분, 그분만을 위한 노래, 서울엔

없구나

오직 한 분, 영원히 살아계신 그분

낙엽이여, 너의 침묵이여

그리워하게 하소서

그대, 영원한 목자여*
이제는 무거운 짐 내려놓으소서
들판에는 어린 양들 방황하고 있는데
하늘은 쉬어 가라, 쉬어 가라 하시네
그대 그리워질 때, 그리움이 바람에 묻어올 때
그리워하게 하소서

아, 무거운 짐
내려놓지 마소서
다시 광야로 떠나소서, 모세처럼
어린 양들을 위하여, 어린 양 같은
우리를 위하여
그대, 영원한 목자여

* 새문안교회 이수영 목사 고희에 부쳐

낯선 풍경

하나님은 무슨 생각을 하셨을까?
코로나바이러스로 교회가 시험에 들었을까?
주일 예배에 마스크 사용하세요,
주일 예배에 목사님과 악수하지 마세요,
묵례로 감사를 표현하세요,
처음 보는 낯선 풍경
하나님은
내 얼굴 보고도 몰라보셨을까?
나를 보셨을까? 마스크로 얼굴을 가렸는데
나를 보셨을까?
전능하신 주님이 모를 리 없겠지
그런 주일,
난생 처음이네
2020년 2월 2일 주일에
이런 글 남기는데, 주님은 읽어 보실까?

제자들아!

나는 대구 시민과 함께 울어 보았던가?

누가복음 말씀이 가슴을 울리네

코로나 사태로 울고 있는 대구 시민을 위해

나는 무엇을 했던가?

말로만 했던가?

몸으로도 했던가?

내 몸 던져 대구·경북 백성들과

함께 울어 보았던가?

제자들 보고 말씀하시는

예수님

오늘 처음으로 보았네

누가복음 20장에 나오는 복 있는 자, 화 있는 자는 누구냐?

목사님 설교 앞에

나는 무릎을 꿇었네, 나는 죄인입니다

주여! 나를 용서하소서

나를 용서하소서

바람과 마스크

〈1〉
지나가는 바람도 힘들었는지 기도하는 시간이
늘어나고 있습니다
숨소리도 내려놓으며 기도하고 있습니다
오늘 따라 세찬 북풍도 만날 수가 없습니다
산 자와 죽은 자, 가리지 않고 힘없는 바람에 쓰러지고 있습니다
이런 밤은 천상의 어머니
나의 어머니, 그립습니다

〈2〉
오늘은 신문 보기도 힘듭니다
시인이 세상을 읽는다고 무슨 기적이 일어나겠습니까
읽기만 해도 쓰러지는 세상인데
듣기만 해도 쓰러지며 넘어지는 세상
예수님은 알고 계신가요?

〈3〉
마스크로 살아야 하는 세상입니다

지나가는 바람도 5부제 마스크를 쓰고 있습니다

하얀 마스크

검은 마스크,

노란빛 파란빛 마스크도 지나가고 있습니다

죄인의 노래

주여, 이 밤은 기도하게 하소서
나폴레옹을 싫어하는 저에게
기도하게 하소서
주님 안에 살면서도 때때로 세상 속으로 들어간
또는 세상 위로 걸어가는
나의 착각이여

오늘도 죄인입니다
죄의 울타리 안에서, 또는 울타리 위에서
기도하는
그런 죄인, 용서하소서
나폴레옹을 용서하소서
이 땅의 나폴레옹을 용서하소서
— 광화문 광장에서
나는, 죄인입니다

모리셔스

나, 모리셔스 갈 거야! 살아 보지 못했지만
살아 볼 만한 보석일 터
나, 늙은 아내와 함께 갈 거야
생전에 한 번도 경험하지 못한
꿀단지 안으로 들어갈 거야
나, 지팡이 되어 늙은 나를 이끌고 살아가는
사람과 함께 모리셔스 갈 거야!
작은 나라지만 작지 않은 나라
천국이 그런 나라겠구나 싶어지는 나라
나, 아내와 함께 인도양 모리셔스 갈 거야!
죽기 전에 꼭 갈 거야!

대구 소년의 하소연

나는 마스크입니다
천국 가는 길에 나의 이야기를 들었습니다
대구 사람들 잠 못 이루는 밤이 길어진다는 것
마스크 줄서기처럼 길게 길게
늘어선다는 것
춘분인 오늘 꽃향기 속에 묻어오는 소리
들었습니다
이제, 나의 이야기는 코로나 속에 묻어
묻어 두기를 원합니다
의료진이 환자를 죽이려고 했나요?
환자를 살리는 게 의료진이 아닌가요?
나, 한 사람으로 모든 것이 끝나길 원합니다
머지않아 사라질 코로나바이러스 또는 영원한 바이러스
마스크만 살아남아 빈소를 지킬까요?

우리의 희망

롯데월드타워 외벽이 유난하 빛나네
"힘내세요! 대구 경북"
타워 외벽이 조명으로 빛나네
타워 꼭대기엔 빨강 파랑
태극 문양이 빛나네
아, 이런 사람 있어
우리는 아직도 살 만하네
"응원해요, 의료진"
"힘내자, 대한민국"
응원 구호 저녁마다
보여준다네
아, 이런 재벌그룹 있는 한
우리는 행복하네
아이유 봉준호 손예진…… 연예인도
희망기부 행렬에 동참했네
아, 우리는 행복하네
어느 앵커의 시선처럼
"우리는 우리의 희망입니다"

"꽃이 되고 싶다"

꽃들은 마스크도 없다? 아니면
마스크는 있지만 들고만 다닌다?
사람들은 마스크를 썼는데
지나가는 바람도 마스크를 썼는데
꽃들은
하늘과 놀고 있네
자가격리도,
손 씻기도,
거리 두기도 어기고
꽃들은 제멋대로 바람과 놀고 있네
"나도 꽃이 되고 싶다"
꽃이 될 수 없음을 알면서도
춤추고 싶네
그런 젊은이들 강남 클럽에도 가네
꽃이 말을 하고 있네

낙엽이여, 너의 침묵이여

당신을 찾아서

정호승 시집 《당신을 찾아서》를 읽고 있습니다
위로하기 위함도 아닙니다
위로받기 위함도 아닙니다
코로나바이러스로 온 나라가 앓고 있는데
나는 갇혀 버린 방안에서
당신을 읽고 있습니다
당신은 어디에 있습니까?
예배당에도 나갈 수 없네요, 마스크도
배급제가 되어 한탄하고 있네요
주님, 인터넷으로 당신을 찾아서
흐느끼고 있습니다
용서하소서
주님

언컨트롤러블

우리 모두 몰랐네
몰랐던 말 있었네
국어사전에도 없는 말, 언컨트롤러블
〈조선일보〉 읽기 전에는
모르고 있었네,
언컨트롤러블
좌충우돌 예측 불가
통제 불가능한 것
한 달이 넘도록 몰랐네
해가 동쪽에서 떴다가
서쪽에서 떴다가
제멋대로 뜨는데도
그 해가 어떤 해였는지 나는 몰랐네
지성은 실종되고
각성만 존재한다는 사실
나만 몰랐네

낙엽이여, 너의 침묵이여

어떤 발코니

예수 고난주간에 아름다운 사람들을
보았네
이탈리아 사람들이
발코니에서 나눔의 바구니를 담고
지나가는 사람들에게
먹을거리
마실 거리
내려보내며
"필요한 사람들 누구든지 가지고 가세요"
바구니가 비어지면, 다시
발코니에서 먹을거리 마실 거리 담아
내려보내네, 이탈리아 사람들, 그 사람들
2층 발코니 '나눔의 바구니'
나도 보내고 싶네
이탈리아로 떠나는 자선 비행기 어디 없나요?

제3부

아, 그리운 천경자
- 아프리카 별곡

뉴욕에서 온 편지

C국장님

서울을 떠나 뉴욕에 왔습니다.

진작 편지를 드리고 싶었지만

10여 년 동안 편지 쓴 일이 드물어 펜이

잘 잡혀지지 않았습니다.

저를 믿고 동정해 주신 은혜를 잊지 못하겠습니다.

그간 깊은 늪에 빠져 있는 저의 불행한 사건이*

가끔 제 식도 부분에 둔통을 줄 때가 있습니다.

그러나 억울하지만 제 건강에 이상이 없는 한

앞으로 차원이 다른

높은 수준의 작품 세계를 염원하면서 노력하고

작품을 위해 생명을 불태울 각오입니다.

우거진 숲 사이로 따발총 소리 같은 뇌성과

함께 번개가 스쳐 간 저녁때입니다.

1991. 6. 천경자 올림

* '미인도' 위작 논란

낙엽이여, 너의 침묵이여

이집트 피라미드

리비아 사막 끝에 있는 기자에서 마지막 엽서 주셨네요
낙타지기 사막민 영감, 늙은 선인장처럼 생겼지만
애교만점이라고 했네요
끝이 부채 같은 야자수, 흰옷의 수염 달린 사막민은
어린 시절 그림책에서 본 그대로였다, 하셨지요
남자를 그릴 때 수염만 붙이면 묘하게 기분이 나
재미있었다, 했지요
그런 재미, 천상에서 누리시는가요, 지금은?

신의 정원

말라위를 아십니까
바다 같은 호수 아십니까
생전에 제게 보내 주신 아프리카 엽서에는
탄자니아가 없습니다
왜 가지 않았을까, 킬리만자로는 갔는데
왜 신의 정원이라는 말라위는 가지 않았을까
바이칼 호수는 아시지요?
이광수 소설 속의 바이칼 호수
바다 같은 것
호수 자갈밭에서 쏴쏴 밀려오는 파도 소리에
선생님 모습 떠올리던 곳
오늘도 바이칼 호수는 내 눈에 있는데
말라위 엽서 한 장 보내 주세요
더 늦기 전에, 받아 보고 싶네요

낙엽이여, 너의 침묵이여

모래 위에 누워 시를 쓰네

기자 피라미드에서 만난 낙타여
이집트 피라미드 중에서도 가장 낙타다운 낙타여
가엾다 가엾다 목이 길어 등이 없구나
이불 같은 것, 뒤집어쓰고 있네
어찌나 화려한지 몰라 보았네
천경자 따라 오늘도 모래 위에 누워
시를 쓰네
오, 별들이 손짓하고 있네, 이 편지
뉴욕으로 보냅니다

아직도 뉴욕인가요?

10년이 흘러갔네요, 서울 프라자호텔에서
고량주 마시던 그날, 미인도 그림이 나를 괴롭힌다고 하셨지요.
아직도 뉴욕에서 미인도 그림으로 괴로워하시나요?
국립현대미술관이 위작 판정을 받고도
영치하고 있다고 한탄하고 계신가요?
오늘, 뉴욕 따님이 25년 베일 속의 미인도를
검찰에 고발했네요
서울에서 열린 1주기 추모전
함께 오셨나요?
다시 뉴욕인가요?

파도야 파도야

울다가 울다가 눈물도 말랐는가

한여름 밤 모래사장처럼

파도가 밀려오면, 그 파도 눈물 되어 돌아오는가

파도야 어쩌란 말인가, 청마 시인 노래처럼

어쩌란 말인가, 이렇게 눈물 되어 돌아오는

파도야

임은 물같이 까딱 않는데

파도야 어쩌란 말이냐

날 어쩌란 말이냐

오늘 밤, 천경자 화백이 파도처럼 밀려오는데

파도야, 파도야, 나는 어쩌란 말이냐

안식의 집

오늘 아침 신문을 읽다가
베르디 '안식의 집'에나 가 볼까?
밀라노에 있다는데, 아내에게 물었습니다
바람에 스쳐 지나가듯, 가만히 물었습니다
아내는 말없이 고개만 흔듭니다
천경자 화백이 있는 뉴욕이나 가요, 그렇게
말하는 것 같네요
아내는 등을 보이며 울고 있네요

낙엽이여, 너의 침묵이여

발리 여인들

발리 섬까지 날아갔네, 꿈속에서
별들이 이불을 내려 주고, 그 이불 속에 누워
잠들었네
슬픈 여인들아, 발리 여인들이 머리 위에 꽃을
이고 있네
언제 떨어질지 모르는데
발리 여인들은 웃고 있네
식민지 시절 눈물짓던 할머니 100년 만에
찾아왔나, 그런
생각하는 사람
꽃들도 가라 하네
발리 여인들 보면
천경자 화백이 그리워지는데

어떤 연하장

근하신년 신춘원조謹賀新年 新春元朝, 천경자 배千鏡子 拜.
그 많은 작가, 화가, 교수 편지 뭉치 속에
천경자 카드 하나 남아 있네
88년 아프리카 스케치 여행 중에 보냈는지 호랑이 얼굴
그려져 있네
나를 보고 있네
새해에 만나요 그렇게 말하는 것 같네요,
천상의 사람이여

"Thinking"
by Chun Kyoung Ja in 1969
8-6

| 1988년 아프리카 스케치 여행 중 천경자 화백이 보낸 연하장

于鏡涵
419 W. 43st. APT. 17
New York N.Y.
10036

曹 秉 喆 局長님

스포츠 조선
朝鮮日報社

서울특별시 中区 太平路一街 六一番地

Seoul, South Korea

| 천경자 화백이 필자에게 보낸 연하장

낙엽이여, 너의 침묵이여

제4부

그리운 사람들에게
- 조병철 산문집

구파발 시인, 이유경에게

　1970년대 초 어느 날, 편집 데스크에 앉아 있는 내게 이유경 시인은 정봉건 선생의 추천을 받으라고 권유했지요. 동인지 활동만으로는 문단생활을 이어가기 힘들다면서 현대시학 추천을 권유했지요. 문단 풍토가 패거리 놀이판 같은 시절이었으니 그런 말도 나올 만했지요. 지금도 변한 것이 없지만…….

　1960년대 초, 김춘수 선생이 현대문학에 추천권이 없으니 유치환 선생을 소개했지요. 추천사를 써 두고도 다음 기회에 보자고 했으니, 그런 말도 나올 만했지요.

　나의 첫 시집 《새와 겨울의 비가悲歌》 발문에 나온 이 시인의 말이, 떼굴떼굴 굴러오네요.

　"조병철은 여러모로 나의 선배다. 문학적 연조나 시에 대한 눈뜸이나 감성도 그만큼 세련되어 있다. 그런 그가 문학을 거의 포기하다시피 10년이란 세월을 허송했던 것 같다.

　그때 우리 또래 10대들이 부산에서 동인회다 뭐다 해서 망아지들처럼 몰려다닐 때 그는 이미 시인이었던 것이다. 화려한 감성과 표현으로 부산대학과 부산 시단에서 빛나는 얼굴을 보였던 그는 아닌 게 아니라 시를 팽개쳐 버리고 있었다. 나는 그의 감성과 표현을 충

동질했고 느지막하게나마 그는 추천이라는 방식을 거쳐 등록한 셈이다. 문학을 포기한 분을, 다시 문학이란 우스꽝스러운 세계로 끌어당긴 우리의 잘잘못에 대해선 이 시집이 그리고 그의 시들이 진단해 보여줄 것으로 믿는다."

1970년대 초 우여곡절 끝에 나는 문단에 등록했고, 서고 속에 쌓여 있던 시들을 끄집어내어 한꺼번에 쏟아 붓기 시작했지요. 현대시학, 한국문학 그리고 현대문학까지······.
그때는 바람난 여편네처럼 시를 안고 돌아다녔지요. 지금 생각하면 이유경 시인의 말이 옳았네요.
구파발 시인은 구파발 연작시 36편을 한꺼번에 쏟아 부어 우리를 놀라게 했지요.

"한국을 사랑하는 것만큼 나는 구파발을 사랑한다. 비록 변방, 그린벨트에 묶여 전망도 세속적 기쁨도 누리지 못하는 지저분한 시골 동네이긴 하지만, 조용하고 옛 풍경이 변함없는 다감함이 있다. 시인은 자신의 익숙한 풍경인 주변을 노래하는 데서 기쁨과 의미를 얻는 것이 아닐까."

프랑스 보르도대학에서 1년간 연수하고 돌아와서도 당신은 구파발에 뿌리를 내렸지요. 지금은 구파발도 사라졌지요. 아파트 대단지로 변한 북한산 자락에서 하늘만 보며 남아 있는 기억들을 지우고 있겠지요. 그러나 이 시인은 10년 만에 시집 《바다로 간 강》을 우리 앞에 들고 나타났네요. 시집 속에 수록된 〈그 텃밭 이제는〉에 이런 노래 있었네요.

"먼 기억의 창이던 우리 텃밭 사라져 버렸다
백 평 남짓 퇴비로 찌든 흙
쓰레기 더미처럼 실려 갔을 것이고!
낯설고 큰 집 한 채
저기 새길 닦아 놓고 주인인 척 앉아 있다"

그 텃밭, 초생달 기울 때 해바라기 밑에 오줌발 뿌리던 조선일보 시절 아직도 기억 속에 꿈틀거리는데, 이유경 시인은 잊었겠지요. 이미 기억들은 사랑하던 아내 따라 떠났는데, 마지막 시집이 될 것이라고 열심히 정리해 보았다는 시인의 말이 마지막이 되지 않기를 바랄 뿐이죠.

잘 자요, 이유경 시인.

Y교수에게

내 영원한 문학친구 Y교수. 나의 4번째 시집 《남산에 내리는 가을 눈》 서문에서 "시를 잃고 살아간다며 나를 힐책하는 사람은 이 땅에서 당신밖에 없다"라고 언급했던 Y교수는 윤재근 교수다.

그는 서울대학교 영문과에서 영문학을, 동대학원에선 미학을 전공했고, 경희대학교 대학원에서 국문학을 전공하며 유명세를 탔던 평론가다.

저서로는 《문예미학》, 《한국시문학비평》, 《만해시와 주제적 시론》, 《만해시 '님의 침묵' 연구》, 《문예비평의 논리와 실제》(문예비평신서 14), 《시론詩論》(800쪽 분량), 인문人文의 근본 《악론樂論》(1,500쪽 분량), 《가론歌論》 등이 있다. 특히 《악론》에서 그의 주장은 살벌하기까지 했다.

"동북아 문화권의 인문정신은 악樂으로 타 문화권과 다른 통로를 구축하여 왔다. 그러나 20세기 한국 인문의 수행은 구미歐美에서 엮어 놓은 조롱 속에 들어간 앵무새 꼴이다. 물려받은 것을 새롭게 닦아 물려주는 인문이 아니라면 그러한 인문은 뿌리 없는 나무와 같다. …… 수입된 인문정신의 인문보다 더 부끄러운 학문은 없다. 21세기 우리의 인문정신이 20세기의 부끄러움을 씻어내리려면 악으로 구미의 조롱을 열고 나와야 할 것이다. 그러려면 팽개쳐 버린 악에 귀의하여 샅샅이 살필 일이 급하다. 악은 우리네 인문정신을 되찾아 줄 열쇠인 까닭이다."

17년 전의 이야기다. 2007년 3월, 나는 윤재근 교수의 《악론》 출판기념회에 참석했다. 거의 강제 연행되다시피 했고 평생 처음으로 축사까지 했다. 그때만 생각하면 아직도 등골에 땀이 고이는 것 같다. 축사 전문을 소개한다.

축하합니다, 윤 교수.

먼저 나를 이 자리에 불러 준 윤 교수에게 감사하다는 인사 말부터 드려야 하겠습니다. 제 나이 70이 넘도록 이런 자리에 나와 축사를 해 보기도 처음이니, 이 얼마나 영광입니까!

윤 교수, 감사하오.

솔직히 말씀드리면 나는 그저 책이나 한 권 얻을까 하는 욕심으로 이 자리를 기다렸습니다. 고희 기념 출판을 아무나 할 수 있습니까? 또 윤 교수가 어떤 사람입니까? 자아를 망각하고 장식용으로 책을 내는 그런 삼류학자도 아니지 않습니까.

윤 교수가 20여 년의 각고 끝에 값진 보석을 만들었으니 그 보석을 보고 싶은 욕심에 이 자리에 나왔습니다.

지난해 11월 17일, 우이동의 그날 밤은 우리 세 사람(윤 교수,

오수환 화백과 나)의 열기로 뜨거웠습니다. 돼지삼겹살에 와인을 마시며 얼마나 열변을 토했습니까. 그날 밤 윤 교수는 이번에 새로 나올 《악론》의 표지를 보여주며 고희 출판기념회 이야기를 먼저 꺼냈지요. "내년 1월 중순께 제자들과 함께하는 고희 기념 출판기념회가 있으니 날짜를 미리 비워 놓으라"고까지 말했습니다.

나는 열심히(?) 기다렸습니다. 그런데 웬일인지 그 이후로 소식이 없었습니다. 그러던 어느 날 신문 문화면에서 윤 교수의 기사를 만났습니다. 반갑더군요. 고희 출판기념회는 이미 했을 테고 초대받지 못해 섭섭했지만 봄이 되면 만날 수 있겠지, 책도 받을 수 있겠지 그렇게 자위하며 스스로를 달래고 있었습니다. 꽤 시간이 흘렀습니다. 윤 교수는 3월 중순에야 내게 전화를 주었습니다.

"3월 26일 오후에 무슨 약속 있느냐"고 말입니다. 나는 달력도 보지 않은 채 무조건 "없다"라고 했습니다. 윤 교수는 잘 되었다면서 출판기념회가 열리는데 축사를 해달라는 것이었습니다.

나는 내심으로 '늙은 사람이 무슨 축사를 하느냐'라고 하면서도 대답은 쉽게 나왔습니다.

"하지."

아마도 책 받을 욕심으로 그랬던 것 같습니다.

나는 윤 교수의 전화를 끊고 곧 후회했습니다. '그 자리에 내가 나간다고 해도 무슨 말을 하겠느냐. 이번에 나온 책이 어떤 책인데 친구의 고희 잔치를 망치려고 하느냐'라는 생각이 들자 불안감이 나를 엄습해 왔습니다. 그러나 어쩝니까. 축사를 하겠다고 약속했으니 해야지요.

산 같은 사람

나는 '인간 윤재근'을 생각해 보았습니다. '그의 학문적인 것, 그의 문화와 예술에 대한 것은 다른 분들이 하실 테지'라는 생각으로.

산 같은 사람, 윤 교수는 자신의 아호雅號를 유산有山이라고 했습니다. 이 얼마나 윤 교수답습니까!

윤 교수의 마음속에는 언제나 산이 들어 있고, 그의 인성과 인품 모두 산을 닮아 있습니다. 그의 산은 언제나 온화하고 당당하지요. 때로는 어머니 같은 모성으로, 때로는 아버지 같은 부성으로 우리 앞에 나타납니다.

그런 모성과 부성으로 윤 교수는 후배 문인 화가들과 제자들을 항상 감쌌습니다. 또 후학들이 걸어가는 길을 열어 주고 그들을 위해 발 벗고 나서기도 했습니다. 때로는 돈도 외면했지요. 후배를 위해 판권을 넘기며 거금을 쾌척하기도 했습니다.

낙엽이여, 너의 침묵이여

우정 30년

1976년 그러니까 30년 전, 시인으로 신문사의 문화부장으로 있을 때 윤 교수를 처음 만났습니다. 그때 그는 문학평론가였고, 대학교수였습니다. 순수문학에 대한 집념이 강해 우리는 의기투합했습니다. 영문학과 미학의 길을 지나 문학의 길로 들어선 과정이 좋았고, 시류에 편승하지 않은 채 오로지 자신의 길만 묵묵히 정진하는 학자적인 성품이 좋았습니다.

당시 윤 교수는 문단과의 교류를 기피하는 것 같았습니다. 소위 문단정치를 외면했지요. 1980년대 중반 이후에는 산 같은 윤 교수가 나를 찾아와 폭언(?)을 던지는 경우가 많았습니다.

"어이, 폐업시인 잘 있었어?"

그러고는 시인이 시를 쓰지 않고 신문에 미쳐 있다고 쓴소리 한 마디를 했지요. 나는 윤 교수의 '폐업시인'이라는 말이 뇌리에서 떠나지 않아 숙제처럼 부담을 안고 살았습니다.

1991년 어느 날, 윤 교수는 나에게 시선집을 권유했습니다. 《하늘에 있는 친구에게》는 그렇게 세상에 나왔습니다. 이 시선집 서문에서 나는 윤 교수에 대해 "Y교수, 시를 잊고 살아간다며 나를 힐책하는 사람은 이 땅에 당신밖에 없습니다. 나를 만날 때마다 시는 어디로 갔느냐며 폭언을 던지는 사람은 당신밖에 없습니다"라고 썼습니다. 그렇게 나의 심정을 토로했지요.

사실 윤 교수는 아호답게 '유산' 같은 사람입니다. 유산다운 모성의 발로로 나를 향해 시를 쓰도록 독려했던 것입니다.

내가 윤 교수를 'Y교수'라고 호칭한 것은 아마도 그때부터인가 봅니다. 그 후 세월이 많이 흘렀습니다.

2000년 봄 어느 날, 내가 신문사를 정년퇴직하고 떠날 때 윤 교수는 하얏트호텔에서 나와 함께 점심식사를 했습니다. 그때는 시와 관련된 이야기를 입 밖에도 내지 않더군요. 이젠 다 늙어 저승 갈 나이인데 시는 무슨 시냐고 생각했던 것 같습니다. 나는 내심으로 상당히 섭섭했습니다.

윤 교수의 입에서 "어이, 친구! 이젠 시를 쓰시지. 이제 당신에겐 시밖에 무엇이 남겠어"라는 말이 나올 줄 알았는데 영영 나오지 않았습니다. 집으로 돌아가는 남산 길은 너무나도 고독했습니다.

그 이후에는 만나도 가족 이야기, 세상 이야기 등 잡담만 나누었습니다.

2004년 가을, 나는 윤 교수에게 '시작 노트'를 통해 다음과 같은 글을 보냈지요.

"Y교수, 세상이 너무나 난해하지 않습니까? 불가사의한 일이 많이 일어나지요. 그래도 가을바람 따라 여행을 떠납니다. 바람이 나의 유일한 친구이지요. 바람을 한번 만나 보십시오. 해와 달 그리고 새들도 만나 보십시오."

윤 교수는 이 시작 노트를 읽고 내게 답신을 보냈습니다. 그 답신에는 윤 교수의 인생관과 철학 그리고 시에 대한 열정이 따뜻한 숨결로 젖어 있었습니다.

"시들을 잘 만났습니다. 회향하는 울림이 마음속을 울립니다. 삶이란 젊어서 말하지 못할 일들임을 새삼 일러 주는 울림을 오랜만에 만날 수 있었으니 이것은 복이지요.

덜 익은 시인들은 시를 어렵게 써서 오기를 부리지요. 그러나 여문 시인들은 본래부터 시를 쉽게 지어 마음에 얹어 줍니다. 시인은 맑고 깨끗해 바람을 닮고 새를 닮아야 하지요.

새들은 여전히 하늘, 바람, 구름 그리고 산천에 잘 살고 있습니다. 사람은 영악해서 죽음을 알아야 좀 순해집니다. 죽음을 가까이 바라보면서 날마다 밝게 살아가는 울림이란 겉멋으로 안 나오는 줄 압니다. 늙어 가고 삶을 마주하고 모든 것을 풀어내는 마음으로 읊을 수 있는 시는 잘 여문 시인으로부터 흘러나옵니다. 흰 구름 우산 삼고 흘러가는 가야금 담근다고 읊던 중현 선사의 노래를 새삼 떠올리게 만들어 주어 산다는 인연이 묘하다 싶습니다.

기타를 치는 시인, 피아노를 치는 시인은 많아도 산천을 가얏고로 삼고 삶을 풀어내는 시인들은 참으로 적습니다. 그래서 왜 시 짓기를 폐업하느냐고 진반농반으로 던졌던 것이지요. 그런 일도 추억이 되었으니 목숨을 붙이고 늙어 간다는 것은 아름답습니다. 유산."

이 글을 받은 나는 한동안 북한산을 멍하니 바라보며 얼마나 후회했는지 모릅니다.

도인 같은 사람

논어와 장자 이야기를 쓴 친구에게 "바람을 만나고 해와 달 그리고 새들도 만나 보십시오"라는 훈계를 했으니, 이 친구 얼마나 실소했겠습니까! 노자의 도道와 공자의 도를 아울러 생각하고 체험하고 실천하고 있는 도인 같은 유산에게 그런 말을 했으니 말입니다.

윤 교수는 그의 역작인 《논어 3》에서 "인간은 너무나 영악하다"라며 기고만장한 현대인들을 꾸짖었지요. 또 "인간 말세 현상이 우리를 두렵게 한다"라고 요즘 세태를 안타까워했지요.

그렇습니다. 유산 선생은 '도인 같은 사람'입니다. 그를 만나 한 시간만 이야기를 나누면 누구나 '아, 나는 지금 도인 앞에 앉아 있구나'라는 생각을 갖게 됩니다.

자꾸만 부끄러워집니다. 왜소해집니다. 도인 같은 사람.

윤 교수는 술자리에서도 도인 같습니다. 술은 좋아하지 않지만 그렇다고 술자리를 피하지도 않습니다. 내가 술을 마실 때, 술에 젖어 있을 때 윤 교수는 이야기를 마시고 이야기에 젖어 있습니다. 그러니 2차 술자리로 옮겨도 싫은 내색을 보이지 않습니다. 그런 사람입니다. 유산 선생.

이젠 시를 쓰세요. 유산 선생은 좋은 시인이지 않습니까. 남기는 말, 던지는 말 한 마디 두 마디가 모두 시가 되어 회귀하는 바람이지 않습니까.

미수米壽 때는 시집 한 권 내십시오.

유산 선생.

바람소리 함께 보내주십시오.

만화가 허영만

　H화백, 우리의 수난시대를 기억하십니까?

　Y사람들 때문에, 생쥐 같은 손 교수 때문에 음란물이라는 악명의
수갑을 차고 질질 끌려다니며 법의 심판 받던 일을 기억하십니까?

　대략 30여 년 전의 일이지요. 그때 스포츠 신문을 음란물이다,
청소년 유해물이다, 무엇이다, 무엇이다 하며 편집국장의 전화통
이 불나던 시절을 기억하십니까? 죄 없는 전화통이 박살나던 시절
이 있었지요.

　TV, 인터넷에는 성인, 청소년 음란물이 넘치고 넘치는데도 스포
츠 신문만 '판매 금지' 딱지를 붙였던 일들을 기억하십니까?

　강 변호사(노무현 대통령 때 법무부장관을 지낸) 비용까지 지불했던 일,
그 불행했던 암흑기를 기억하십니까? 이두호 화백의 〈임꺽정〉까지
시비를 걸던 YMCA 사람들 기억나십니까?

　H화백 연재만화들이 스크린을 타고 전국을 휩쓸던 일들, 김혜수
씨가 주연으로 나오던 〈타짜〉를 기억하십니까?

　지금은 유해물 남성 종합 매거진이 판을 치고 있는데…… 그땐 꿈
도 꿀 수 없던 천국야화, 아라비아나이트에 나올 만한데…… 그땐

마광수 교수도 감방 신세를 졌으니 불행했던 시절이었지요.

H화백, 이젠 '식객 허영만'으로 유명해졌네요. TV조선 〈백반기행〉에 등장하고 있네요. 뒷골목 숨은 맛집을 찾아가는 재미가 어떤가요? 한번 불러 주십시오. 수저 한 벌 더 놓으면 될 듯하네요.

천국 가는 길을 묻는 늙은 고래의 푸른 꿈

— 심경心鏡의 시학詩學

    조병철 신작 《낙엽이여, 너의 침묵이여》는 노 시인이 천국으로 가는 길을 묻는 마음 풍경의 순례기다. 그는 쉽고 일상적인 언어로 시간과 사람과 세상을 들여다보면서 노련한 언어 직공의 솜씨로 살아온 흔적, 살고 있는 문양, 살아야 할 시간의 사원을 그려낸다.

    2020년 초여름 아주 오랜만에 전화 통화를 한 뒤 볼펜으로 꼬물꼬물 쓴 원고 뭉치를 받았다. 종이에다 쓰고 고치고, 또 쓰고 고친 흔적이 고스란히 배어 있는 시들 속에는 노 시인의 자아 찾기와 세상에 대한 애정이 고스란히 담겨 있었다.

    시편들을 단숨에 읽고 나서 거울같이 물 맑은 강릉 경호鏡湖로 향했다. 그리고 대관령에 핀 붉은 노을이 비색秘色으로 경호를 물들인

광경을 한참 바라보았다.

저녁이 깊어지자 호수에 이는 바람 따라 출렁이는 붉은 노을 물결이 달빛에 물들고, 그 광경이 너무 아름다워 목마른 하늘의 별들이 호수를 찾아올 것 같았다. 조병철의 시들이 호수 위에 펼쳐졌다. 세상에 거울같이 맑은 호수가 있다면 거울에 자신의 삶을 비춰 보는 맑은 마음도 있겠다 싶었다. 그랬다! 조병철의 시는 노 시인이 신성神聖으로 바라본 '마음의 거울心鏡'이다.

경호가 보이는 카페 '가비'에서 다시 시편들을 읽으며 노 시인이 묻는 바람의 길과 마음의 길을 되새기며 생명의 길을 무사히 지나온 바람에게 다시 물어본다. 우리가 걷는 삶의 길은 무슨 색깔이며, 무엇이 되며, 어디를 향하고 있는 것일까? 시인 조병철이 나지막이 목소리를 건넨다.

풀밭 길 걸으면 풀이 되는가
꽃밭 길 걸으면 꽃이 되는가
하늘 길 걸으면 무엇이 되는가
구름 길 걸으면 무엇이 되는가
주님은 알고 계실까
풀이 되는 길
꽃이 되는 길

조병철 시집 해설

알고 계실까

— 〈어떤 길〉 전문

조병철은 마음속에 맑은 거울 하나를 달고 자신이 만든 시간의 사원에서 주님에게 풀과 꽃이 되는 길을 묻고 있다. 그 길은 삶의 평화와 생명의 고귀함을 다한 이후 또 다른 세계로 가는 길에 대한 질문으로 주님께 그 답을 구한다. 코로나19로 불확실성이 지배하는 시대, 노 시인은 그나마 시를 쓰는 것이 가장 확실한 일이라고 생각 하는지도 모르겠다. 시인은 소년의 마음으로 사람과 세상에 대한 따뜻한 손길을 담은 시들을 썼고, 그 시 속에 담긴 내면의 심경은 한결같이 시와 삶에 대한 열정을 담고 있다.

여든다섯 늙은이가 시를 담고 있었다
겨울 하늘
빈 항아리에
하나,
둘,
담다가
겨울바람에 날려 보내고 있었다
여든다섯 늙은이가 무슨 시를 담는다고

겨울 하늘 부수고 있었다
이제는 무대를 내려올 때 아니던가
이제는 모든 것을 버려야 할 때 아니던가
그런 늙은이가
아직도 나를 버리지 못하고 있었다

— 〈겨울 하늘〉 전문

    여든다섯에 쓴 이 시는 인생이란 무대에서 내려올 때를 노래하고 있지만, 노 시인의 시를 쓰는 열정만은 하늘을 부술 기세다. 그 기세는 요란하거나 장황하지 않으며, 빈 항아리에 바람을 채워 넣는 마음의 여유와 비움의 미학을 노래한다. 그는 오랫동안 시간의 여행자로 살면서 갖가지 세상 풍경을 수없이 보았을 것이나, 지금은 조용히 내면으로 돌아와 자신의 마음속 풍경을 바라보며 존재의 시원을 찾는다. 그는 우물 속에 비친 자신의 모습을 바라보듯 마음속에 거울을 달고 자신이 한평생 만들어 온 심경心景을 관찰한다. 그 방법은 '시'라는 아름다운 예술이다. "요즘 같은 시대에 무슨 시냐고?" 질문할지 모르겠지만 인간에게 물이 필요하듯 시인에게는 시가 곧 생명이다. 그 누가 시가 세상을 변화시킬 수 없다고 단정할 수 있겠는가? 시인은 세상에 대고 목소리 높여 큰소리도 몸부림도 치지 않으나, 세상을 움직이는 것들을 오만하지 않도록 겸허한 내면의 길로 안내한다. 시는 세상을 아름답게 변화시키려는 사람을 위해 존재하며, 그 사람의 마음 풍경을 향기 나는 꽃밭으로 만들며, 세상을 따뜻하게 바라보는 방법과 사람과 사람 사이에 놓인 거리를 좁혀준다. 시를 읽고 쓸 수 있다는 것은 그래도 우리에게 희망이 남아 있다는 것이다.

이탈리아의 단테 알리기에리가 정치에 환멸을 느끼고 집필한 《신곡》에서 지옥과 연옥을 거쳐 천국에 이르는 길을 안내한 자는 시인이 아니었던가? 시인 베르길리우스는 단테가 순수의 결정체인 천국의 베아트리체에게 가기까지 영혼의 친구였다. 단테는 시인의 마음으로 천국에 도달하고 싶었던 것 같다.

이 세상에 아름다운 풍경은 많다. 비가 갠 오후의 남산도 아름답고, 북한산의 가을 단풍도 아름답고, 오대산의 전나무 숲도 아름답고, 제주도의 저녁 노을도 아름답다. 그러나 세상 풍경 가운데 가장 아름다운 풍경은 마음속의 경치인 심경心景이 아닐까? 조병철 시인의 시는 화려한 수사나 기교로 쓰이지 않았다. 그의 시들은 소금만으로 간을 낸 맑은 찌개 같아서 담백한 식감食感 같은 시감詩感이 느껴진다. 그 시감은 사물과 세상을 바라보는 따뜻한 시선을 지니고 있으며, 그 시선을 통하여 마음속에서 일어나는 시적 감흥을 빚어 '심경시학心鏡詩學'을 만들어낸다.

낙엽이여, 너의 침묵이여

바람아, 어디를 거닐다가 이제 오는가

너는, 바람이란 이름으로

편하게 다니지만

세상은 네가 쉬어 가는 길이 아니야

하늘에 물어보라

그리고는 용서를 빌어라

나무를 흔들리게 한 것,

또 하나

꽃잎을 떨어지게 한 죄,

용서를 빌어라

— 〈이름 있는 것과 이름 없는 것〉

'바람'은 시인이 삶과 세상을 은유한 시어詩語로 즐겨 사용되었지
만, 조병철은 바람에게 하늘에 대고 "용서를 빌어라"며 화두를 던진
다. 시인은 바람을 통하여 자기성찰을 하고 있는데 나무를 흔들리게
하고 꽃잎을 떨어지게 한 바람에게 그리고 자신에게 용서를 빌
고 구한다.

이는 그가 지닌 사물 보기와 세상 읽기의 방식이다. 그만큼 그는
선한 마음으로 세상을 바라보고 그 세상에 존재한 것들의 평화를
기원하고 있다. 물론 그 기원은 시집 전체를 감싸고 있는 인간다운

인간의 모습이 지배하는 세상이다. 이런 심미안으로 세상을 바람처럼 다니면서 자신의 삶을 돌아보며 혹여 나뭇가지를, 꽃잎을, 풀꽃을 밟거나 꺾지 않았는지 세세하게 들여다본다. 이 같은 그의 눈과 마음은 삶의 근본 자세를 다시 생각하게 하며, 올곧은 시적 자세로 읽힌다.

조병철은 이 시집에서 많은 사람을 불러낸다. 이들은 시인이 사랑했거나 사랑하고 있거나 사랑하고 싶은 대상이다. 시인 김춘수·김종해, 조각가 이영학, 화가 심재영, 언론인 양상훈·선우휘·홍종인 박사, 영국의 술집 주인 윌 릿슨, 건축가 안도 다다오, 빛의 예술가 제임스 터렐이 그들이다. 시인은 그들과 함께한 시간 혹은 작품을 추억하면서 한편으론 세상의 슬픔 또한 어루만진다.

그는 "할머니의 눈물이 강물 되어 흐르네 / 나도 눈물이 되어 강물로 흘러가네"(〈13세의 눈물〉)라며 위안부 할머니를 위로하고, "미국 상원 의원들이 국회의사당에서 8분 46초 동안 무릎 꿇어 / 기도하는 모습이 / 사진으로 전해진 6월 6일 현충일 아침, / 나도 모르게 눈물을 흘리고 있었습니다"(〈두 가지의 눈물〉)라며 한 흑인의 죽음을 애도한다. 노 시인이 눈물로 함께하는 타자에 대한 연민과 사랑은 애잔함을 넘어선 슬픔의 아름다운 승화다.

또한 조병철은 영정사진 하나 없이 묘지도 묘비도 없이 "미안하다, 미안하다"라며 떠난 아버지를 못내 아파하면서 아버지처럼 "미

낙엽이여, 너의 침묵이여

안하다 미안하다 / 그런 말 남길까"(〈미안하다, 미안하다〉)라며 자기
반성을 한다. 그리고 교회 장로, 다윗에 이어 예수님을 부르며 "재
난지원금을 모두 날려 버렸네 / 바람에 날려 버렸네 (중략) 교회 성
금함에나 넣을걸……"(〈후회〉) 하고 후회한다.

　　그는 "여든다섯 늙은이가 시를 담고 있었다"(〈겨울 하늘〉)며 아직
도 자신을 버리지 못함을 반성하고 버려야 할 것과 버려야 할 때를
고백한다. 그러나 그가 겨울 하늘 위에 담은 시는 다음 해 봄, 그다
음 해 봄에도 겨울 햇빛이 봄 햇빛으로 변하여 꽃들에게 찬란한 빛
의 향기를 내려줄 것이다. "행복은 행복 그 이상도 그 이하도 / 아닌
걸 / 깨닫기 시작하면서부터 / 다윗을 보기 시작했다"(〈행복론·1〉)
는 그는 "겨자씨를 찾을 수 있을 거야"(〈행복론·2〉)라고 외치면서
"내 발은 행복했다 / 지나가는 바람도 행복하게 보였다"(〈행복론·1〉)
고 말한다. 삶에 두려움이 남아 있는 것조차 행복임을 깨닫는 무서
운 시적 성찰이다.

　　동시에 그는 자신에게 주어진 시간과 공간 속에 머물지 않고 스
스로를 '늙은 고래'라고 부르며 때로는 편안하게 "모슬포 바다 위에
누워 있는"(〈유채꽃 그리고 모슬포 바다〉) 한라산을 찾아 푸른 하늘을
보다가 영국 샌턴브리지의 한 카페에서 펼쳐지는 거짓말쟁이 대회
로 향한다. 누구나 출전할 수 있지만 "정치인과 변호사는 참가할 수
없다"(〈우리의 자화상〉)며 정치인의 거짓말을 비판하고, 자신은 누군

가와 "거짓말하지 말기야"라고 약속한다. 심재영 화백의 그림을 놓고 "꿈을 삼키는 꽃을 만나기 위하여"(〈꽃, 꿈을 삼키다〉) 꽃과 꿈을 통해 사물을 관찰하다가 바람처럼 오사카로 떠난다. 노출 콘크리트 기법에 뛰어난 상상력으로 독보적인 건축 미학을 만들어 온 세계적 건축가 안도 다다오의 역작 건축물 '빛의 교회'를 이야기하며 "내 마지막 소원, / 일본 오사카에 가고 싶다 / 안도 다다오 빛의 교회를 찾아가고 싶다"(〈안도 다다오의 기도, 나의 기도〉)라고 한다.

또 세계적인 빛의 예술가로 미국 라스베이거스, 일본 예술의 섬 나오시마에 작품이 설치되었고 한국의 '뮤지엄 산'에도 작품이 전시되어 있는 제임스 터렐의 빛의 공간으로 향한다. 그가 향하는 곳은 빛의 공간이며 그 빛의 공간을 향할 때 잡고 싶은 손은, 꼭 잡고 싶은 손은 아내의 손이다. 아마도 그에게 아내는 가장 아름다운 빛일 것이라 여겨진다.

> 강릉 바다 위에 누워 있는 하늘 보아라
> 한낮에도 하늘에 떠 있는 달
> 무엇이 그리도 바쁜지
> 맨얼굴 보여주는 달
> 화장기 없는 아내의 맨얼굴
> 강릉 바다 위에 떴네

낙엽이여, 너의 침묵이여

바다 위를 걸어가네

강릉 바다는 아내의 바다였네

　　　　　　　— 〈아내의 바다〉 전문

강릉 바다를 유난히 사랑한 그는 바다 위를 걸어가는 아내를 생각하다가 문득 "강릉 바다 가면 박용재 시인을 만나겠지 / 나를 위로해 주겠지"(〈강릉 바다〉)라며 20년 가까이 시인으로부터 실종된 필자를 부르면서 "시인 박용재 / 뮤지컬도 / 연극도 / 무용도 / 사랑한 만큼 사랑했는지 묻고 싶네"(〈사람은 사랑한 만큼 산다〉)라고 묻는다. 오랜 시간이 흘렀지만 지금도 그렇다고 대답을 드린다. 한때 필자는 공연 중독환자에 가까웠고, 신문사 책상보다 대학로 소극장 안 의자가 더 좋았다. 지금도 극장에 가는 게 가장 행복하고, 공연작품을 만드는 게 가장 신난다.

나, 광화문에 다시 왔네

해 보고 살리라

달 보고 살리라

한라산 겨울 눈꽃, 하늘 보며 살리라,

그렇게 바람 따라 떠났는데

그 바람

8년 만에 나를 찾아와 다시 광화문 가자, 하네

(중략)

내가 있는지 어디로 가는지

무엇을 하는지

나도 모르네

있는 건 아내뿐이네

아내 따라 고궁을 걷네, '시네큐브'도 가네

어제는 영화 〈워낭 소리〉 보았네

가슴에 얼마 남아 있지 않은 눈물 흘리고 왔네

오늘은 갤러리 '두가헌' 가네, 조각가 이영학 '소' 만났네

엿장수 가위들 '소' 되어 아내 부르네

— 〈광화문 추억〉

　조병철은 사는 집도 은평구에서 광화문으로 옮겼으니 평생을 광
화문에서 해를 만나고 달을 만나고 친구를 만나고 세상 풍경을 만
나고 있다. 그는 "나, 광화문 다시 왔네 / 60년대, 70년대 그 시절,
사직동 골목길 / 거기 살고 있네"라면서 광화문 정경을 노래하고
"젊은 후배들은 모를 거야, 우리 명월네 신화를"이라면서 선배들의
옛 풍류를 상상하게 만들고 "밤마다 찾아오던 신문쟁이들 하나둘,
먼 길 떠났지만 / 나 꿈속에서 만나네"라면서 세월의 흐름을 안타

낙엽이여, 너의 침묵이여

까워한다.

이 같은 노 시인의 내면으로부터 시작된 시간의 순례는 "사랑하는 사람이 쓸쓸하게 돌아서는 뒷모습 / 보는 것 / 그건 너무나 힘들다"(〈낙엽이여, 너의 침묵이여〉)는 자기고백을 낳는다. 시인에게 있어 광화문은 수많은 문화예술인과 교우한 추억의 공간이자 삶의 지배적 장소다. 지금은 아내와 손잡고 미술관이나 영화관 가는 공간이지만, 그는 개인적으로나 사회적으로나 '빛이 드나드는 문, 광화문光化文'에서 '빛이 되는 글이 드나드는 광화문光化文'을 꿈꾸었을 것 같다.

어느 날 신문 칼럼을 읽다가 "희한한 세상이 왔으니 늙은 고래들은 / 바다로 가야지 / 강릉 바다 속으로 풍덩 뛰어들면 또 다른 고래들이 / 함께 춤을 추겠지"(〈강릉 바다〉)라며 최근 노 시인이 마주한 세상에 분노한다. 이처럼 그는 스스로 한 마리 '늙은 고래'가 되어 강릉 바다에 뛰어들어 헤엄치면서 사람 사는 세상의 온전함을 노래하고 세상이 아름답기를 바라는 꿈을 포기하지 않는다.

조병철의 이번 시집은 천국으로 가는 길 위에서 쓴 마음 풍경으로 마음을 쓰는 법은 칼 쓰는 법보다 위대하다는 인본적 인식을 맑은 언어로 담고 있다. "칼은 세상을 벨지 모르지만, 시는 마음을 벤다"라면서 올곧은 삶의 자세를 자신에게도 물으며 세상 사람들을 일깨운다. 그의 '마음 가꿈'이 '천국 가꿈'이라는 인식은 군더더기 없는 '심경시학'을 낳고 그 마음의 시학은 자신의 마음 거울心鏡에 비추어 천국 가는 길을 묻는 아름다운 노년의 심경心景을 만들어낸다. "천국 가는 길 아무나 마음대로 갈 수 없다는데"(〈어떤 부음〉)라며 천국으로 가는 길을 찾기 위하여 선한 눈빛을 시와 꽃과 바람에 던진다. 거짓 없는 진실한 세상을 노래하고 꿈꾸는 시인 조병철. 적어도 이번 시집에 드러난 사물과 사람과 세상에 대한 그의 따뜻한 심경心景이면 천국으로 가는 길을 찾을 수 있지 않을까?

주님! 이 아름다운 마음을 가진 노 시인의 질문에 꼭 답을 주세요.

박용재(시인, 문학박사, 가톨릭관동대 교수)

낙엽이여, 너의 침묵이여

지은이 **조병철**

1935년 경남 김해시 진영읍 출생
조선일보 편집부장·문화부장·출판국장 역임
스포츠조선 이사·편집국장·전무이사 역임
1962년 시동인지 《신년대》 참여
《현대시학》 통해 등단
시집으론 《새와 겨울의 비가悲歌》
《마술사 손가락은 스무 개》
《하늘에 있는 친구에게》
《남산에 내리는 가을 눈》 등이 있음

• 조각 : 이영학

낙엽이여, 너의 침묵이여

2020년 8월 17일 1판 1쇄 인쇄
2020년 8월 28일 1판 1쇄 발행

지은이 | 조병철
펴낸이 | 이종춘
펴낸곳 | BM ㈜도서출판 **성안당**
주소 | 04032 서울시 마포구 양화로 127 첨단빌딩 3층(출판기획 R&D 센터)
　　　10881 경기도 파주시 문발로 112 출판문화정보산업단지(제작 및 물류)
전화 | 02) 3142-0036
　　　031) 950-6300
팩스 | 031) 955-0510
등록 | 1973. 2. 1. 제406-2005-000046호
출판사 홈페이지 | **www.cyber.co.kr**
ISBN | 978-89-315-8988-7 (03810)
정가 | **10,000원**

이 책을 만든 사람들

책임 | 최옥현
편집 | 김수연
표지 삽화 | 심재영
본문 삽화 | 오수환
표지·본문 디자인 | 강수진
국제부 | 이선민, 조혜란, 김혜숙
마케팅 | 조광환
영업 | 구본철, 차정욱, 나진호, 이동후, 강호묵
제작 | 김유석